흑두루미 날다

시작시인선 0493 흑두루미 날다

1판 1쇄 펴낸날 2023년 12월 25일
지은이 류인채
펴낸이 이재무
기획위원 김춘식, 유성호, 이형권, 임지연, 홍용희
책임편집 박예솔
편집디자인 민성돈, 김지웅, 정영아
펴낸곳 (주)천년의시작
등록번호 제301-2012-033호
등록일자 2006년 1월 10일
주소 (03132) 서울시 종로구 삼일대로32길 36 운현신화타워 502호
전화 02-723-8668
팩스 02-723-8630
블로그 blog.naver.com/poemsijak
이메일 poemsijak@hanmail.net

ⓒ류인채, 2023, printed in Seoul, Korea

ISBN 978-89-6021-748-5 04810
      978-89-6021-069-1 04810(세트)

값 11,000원

*본 도서는 ⬤ 인천광역시 와 ⬤ 인천문화재단 의 후원을 받아 '2023년 예술창작지원
 사업'으로 선정되어 발간되었습니다.

흑두루미 날다

류인채

천년의
ㅅ 작

시인의 말

안개 낀 산책길을 걷는다
발밑에 눌린 풀잎
손사래 치는 나뭇잎이 보인다
뒷전의 내가 보이고
우짖는 새들
고향의 목소리가 들린다

누가 가마솥에 시래기를 삶는지
구수한 내 물씬 코끝을 간질인다
어릴 적 내 머리를 쓰다듬던 적송이
뒷산에서 연신 손짓한다

머위 감국 까치수염
여우팥 꼬투리 속에
詩가 살아 있다

2023년 12월
느락골 문정헌에서 류인채

차 례

시인의 말

제1부

제2부

제3부

제4부

해 설

제1부

지하 계단 플라스틱 바구니에 던져진 동전 한 닢은

보름달이다

언 손에 들린 따끈따끈한 국화빵이다

가시덤불 속 하얀 찔레꽃이다

시린 발을 털며 솟구치는

한 마리 동박새다

환절기를 건너는 법

넌 지금 몹시도 춥구나
핏빛 장미 한 송이
이국에서 발이 시리구나
붉은 중심을 벗어난 마음이
찬바람이 부는 대로 흔들리는구나
꽃잎이 우글쭈글하구나
병이 깊은 듯 노란 꽃술이 오그라들었네
벌 나비 입맞춤 지나 다 지나간 자리
너는 맨몸으로 가시를 세우고
추위 속에 서야 하네
발밑은 온통 살얼음인데

막막하면 잠깐 서서 제 속에 있는
내비게이션을 켜고 곰곰 생각해야 할 때
그 속의 한 음성을 따라
너의 계절로 가야 하네

저 달 때문이다

가평 잣 향기 푸른 숲 아랫마을
상현달 아래 둘러앉은 이들
부엉이처럼 깊은 속내를 풀어낸다

저 달 때문이다

바깥주인을 닮은 화덕에서는 찻물이 끓고
들마루에 안주인처럼 둥글고 따뜻한 찻잔이 놓이자
누가 먼저랄 것 없이 사람들 자식 걱정부터 털어놓는다
서쪽 하늘에서 그윽하게 친정 엄마의 미소를 짓고 있는

저 달 때문이다

달빛 같은 사연이 들마루 가득 번지자
달도 이울 생각을 접은 듯 검은 현을 긋는다
한쪽 가슴을 뭉텅 떼어 어둠에게 먹인 것인가
개구리들 수런수런 제 한을 풀고 있는데
간간 개 짖는 소리 끼어든다

잠 못 드는 나무들 귀때기가 새파랗다

안구건조증

눈
물샘이 말랐다
시도 때도 없이 흐르던 눈
물

눈물 언덕에 흘러넘치던 눈물바다
눈물 어린 표정으로 너를 바라보았고
눈물 어린 하소연을 들었고
눈물 어린 참회로 간구했다
흠뻑 젖은 눈으로 바라보던 하늘은 푸르렀다

그런데 왜 자꾸만 눈이 따가운가
인공 눈물도 마른다
눈물 없는 사람이란 얼마나 무서운가!

눈물 없이도
눈물겹게 너를 바라보고
다독이며 네 눈물을 닦아 주고 싶다

슬픈 일 좀

슬픈 일 좀, 있어야겠다[*]

* 서정주, 「봄」.

등산

산 아래에서부터 흙 알갱이들이 뭉쳐 길을 밀어 올리고
그 길을 품고 활엽수 침엽수 잡목들이 고루 자라 숲을 이
루었다
중턱에서 갈참나무가 다시 큰 바위들을 어여차 들어 올리고
꼭대기로 갈수록 칡넝쿨은 칡넝쿨대로 억새는 억새대로
앞서거니 뒤서거니 나란히 서거나
손에 손을 잡거나 제 등을 내주거나
으쌰으쌰 등을 떠밀기도 하면서
정상을 향해 오르는 중이었다

맞다, 결코 혼자 가는 길이 아니다
꼬불꼬불 울퉁불퉁한 산길에서 보면
앞에서 끌어 주고 뒤에서 밀어 주는 손이 있어 숲이 되었다
때론 바위 등을 밀며 숨이 찼겠지
밀다가 앞으로 몸이 쏠려 넘어질 뻔한 적도 있었겠지
그래서 허리가 휘고 가지가 부러진 나무도 있다
겨우 중턱에 올라 정말이지 더는 못 가겠다 싶을 땐
뒤에서 따뜻한 손 하나가 등을 밀어 주듯이
끝까지 함께라고 숲도 움찔움찔했을 것이다

\>

눈을 들어 위를 보니 정상이 희미하다
나무들이 검푸른 점으로 보이고
한바탕 여우비 쏟아질 것 같다
그래, 여기로구나!
늙은 소나무 큰 그늘에 땀범벅인 몸을 식힌다

수수꽃다리

자주색 뭉게구름 서너 필이다

강 건너로 퍼지는 향기 수십 평이다

구름밭에 모여든 벌 나비 연인들의 눈짓

꽃무늬 원피스 자락에 젖어 드는 숨결이다

스무 살 그 첫 경험의 흔적 오천 근이다

대봉······ 감

불쑥 내미는 손바닥 위에
젊은 날 당신의 봉긋한 두 가슴이 올려져 있다

대봉을 받아 놓고 언 손을 감싸 모닥불을 쬔다 마른 칡넝
쿨 타는 말투로 조카가 와서 고맙다고 이웃에서 다시 행복
하게 살자고 부둥켜안는다 뺨을 맞추다 손가락을 거신다 치
매에 걸렸어도 어릴 적 나와의 기억은 생생하신데 솔가지를
뚝뚝 분질러 불쏘시개를 집어넣는데 또 오신다 맨발에 슬리
퍼를 끌고 밭고랑을 가로질러 와서는 뒷짐 졌던 양손을 앞
으로 쭉 내미신다 막 떠오르는 아침 해 둘이 손바닥에 있다
동생, 내가 줄 건 없고 이거라도 먹어 딸아 딸아, 이거 아주
맛있어 빨리 먹어 나는 얼른 내 패딩 점퍼를 벗어 입혀 드린
다 마을에서 가장 젊고 웃음소리 호탕하던 그녀 우리 집 새
로 지을 때 그 집 사랑에서 여덟 식구가 살았었다 마당가 산
목련이 수십 번 피고 진 후 귀향한 나는 하루에도 몇 번씩 그
녀의 조카가 됐다가 동생이 됐다가 딸이 된다

배고픈 까치가 콕콕 쪼았을, 지나는 바람이 핥고 갔을,
건달 구름이 잠깐 쓰다듬고 갔을
대봉······ 감
섣달그믐까지 붉디붉을 고향의 심장 같은

얼레지꽃
—한나에게

하마터면 밟을 뻔했다
잣나무 숲길에 구부정히 목 늘이고
연보라 꽃 한 송이 피울까 말까 망설이는 듯하다

숲 안쪽에 개별꽃 현호색 괴불주머니들이 저희끼리 쑥
덕거리고 있다
소문이 축령산 중턱에 파다하게 번지고 있다

어린년이 바람둥이처럼 화사하게 차려입고
길 복판에 서 있다고
집단 구타를 당했는지
이파리에 얼룩덜룩 멍 자국 같은 것 보인다

그 모습 어디서 본 듯해
발길을 멈추고 쭈그려 앉아
가만 꽃잎을 열어 보니
목울대에 핏물 요동친 자국 뚜렷하다

무거운 발길로 수목원을 돌아 사방댐을 지나 내려오는 길
그녀가 반갑게 꽃봉오리를 열고 말한다

>
염려 말라고
꽃잎을 반쯤 젖혀 검은 씨방을 보여 준다

노랑턱멧새

지집애 지집애 지집애 지집애
지집애 지집애 지집애 지집애

누가 고향 집 뒷산에 숨어 나를 자꾸 놀려 댄다
어서 자기를 찾아보라고 술래에게 재촉하는 건지
뭔가 다급해서 부르는 소리인지
모시나비 나풀나풀 미나리꽝에 앉고
어디서 요강을 비운 듯 지린내 풍기는 한낮

지집애 지집애 지집애 지집애
지집애 지집애 지집애 지집애

홍란이니?

어서어서 홀치기틀 들고 무랑골로 오란 말이지?
신작로를 지나 논둑길을 지나
망월산 계곡물 흐르는 언덕배기 응달집

비단 폭에 그린 기모노 꽃무늬를
갈고리바늘에 꿰어 실로 야무지게 옭아매자는 말이지?

엉덩이에 힘주고 틀에 앉아 양손 바삐 놀려
달그락 달그락 달그락 달그락
홀치기 꾸리 넘어가는 장단에 맞춰 유행가를 부르며
호호 깔깔 수다도 흥겹게

지집애 지집애 지집애 지집애
지집애 지집애 지집애 지집애

급한 일감이니 오늘 해전에 끝내자고
가난한 엄니 이마의 주름살을 팽팽히 당겨 놓고
장날 저녁 밥상에 오를 갈치구이 생각하며
부지런히 홀치기나 하자는 말이지?

나는 은행원인 언니 따라 도시로 갈 텐데
너는 끝내 아부지 굴레에 묶여 콩밭이나 맬 텐데
이팔청춘 지집애들의 시답잖은 걱정 따윈 갈고리에 꿰어
꽁꽁 묶어 버리자는 말이지?

지집애 지집애 지집애 지집애
지집애 지집애 지집애 지집애

암만

고향에서 살고 싶어
그려 그려
암만

사십 년이 넘어서야 만난 깨복쟁이가
트로트의 후렴처럼
부드럽게 수긍하는 말

도랑에 가재 잡으러 가자는 듯이 암만
뒷산에 참꽃 꺾으러 가자는 듯이 암만

소가 제 꼬리를 내둘러 파리를 쫓다가 음머 하듯이
개구리가 무논에 첨벙 뛰어드는 소리로
암만

네가 오니 내가 기운 난다고
굳이 말 안 해도 네 마음 다 안다고
아무도 텃세하지 않게 지켜 주겠다고
암만 암만

\>

텃밭에서 팔뚝만 한 가시 오이를 따 주며 암만
삼겹살을 노릇노릇 익혀 먹기 좋게 잘라 주며 암만

고향의 푸근한 어깨 같은
암만

맥문동

맥문동 모종을 두 포대나 지고 온 서승옥 장로님은 나와 동
갑이다
"호맹이는 있쥬?"
그는 부지런한 농부라 잠시도 가만히 있지를 못한다
"까짓거 내가 금세 심으면 되는디."
그가 말할 때마다 수십 년 잊고 살았던 사투리가 툭툭 내 귀
를 연다
순간 나는 잃어버린 보물을 찾은 듯 반갑다
풍작을 꿈꾸기보다는 자연에 사는 것을 즐기는 이
어떤 때는 시인인 나보다 더 시적인 표현을 한다
"밤농사를 짓다 본께 밤송이는 엄니고 밤은 새끼인 걸 알겠슈.
엄니가 귀한 자식을 끝까지 보호하려고 가시를 세우잖유.
근디 사람들이 그 알토란 자식을 뺏어 가니께
가시로 푹푹 찔러 대는규."
한번은 그의 우사를 보러 갔더니
"방금 소가 큰 소리로 '왔소?' 허든디, 들었슈?"
그이가 수확한 맥문동 차를 끓이며
나도 시골집 꽃밭에 맥문동을 심으며
눈앞엔 벌써 보랏빛 맥문동 꽃물결 일렁인다

흰나비

마당가 천수국에 나비 한 마리 날아와 앉는다
나풀나풀 노란 꽃잎에 하얀 미소가 번진다
꽃밭을 가꾸던 아버지의 무명 저고리 깃이다
바람에 춤추며 팔랑이는 앞섶이다
잔디밭을 휘휘 돌다가 공중에 솟구쳐 오르다가
다시 꽃밭에 앉아 이 꽃잎 저 꽃잎 살피시며
아버지, 종일 살랑살랑 안마당에 머무신다

장평 멜론

멜론을 기르다 봉께 인생을 알 수 있어야. 땅은 부모와 같은 겨. 씨 뿌리는 건 울 아부지가 엄니한티 날 심어 놓은 거 같고. 두엄 얹고 물 주고 싹이 나면 노상 들여다보며 애지중지, 근디 자라면서 머리가 좀 뻿세지면 손을 좀 봐야 혀. 줄기가 곧게 뻗으라고 하우스에 끄냉이를 짬매 주는디 엔간하야 말이지. 개갈 안 나는 곁가지는 잘라 줘야 원줄기가 튼튼허당께. 마구 달린 열매도 쓰잘 데 읎어. 적과 허다 보면 똑부러지게 키우려는 부모 맴 알 것 같여. 잘 익었다 싶으면 좋은 혼처를 구한 듯 선뜻 보내 줘야 허는디, 출하 시기가 되면 읎어서 못 파는 장평 멜론이잖어. 잘 팔려 가면 암만 땀 흘린 보람 있지. 근디 요 이쁜 놈이 채 익기도 전에 떨어지면 베락 맞은 듯 하늘이 벌겋고 땅이 꺼진당께. 열매를 수두룩이 거둬도 잃은 놈 땜시 가슴이 쓰린 겨. 육 년 전 젤 추운 날 결혼 날짜를 잡아 놓고 캠핑 사고로 가 버린 이쁜 딸과 사윗감, 당최 그놈들 생각에 내 속이 물렁물렁혀. 노란 꽃들이 딸내미처럼 방끗방끗 웃어 주니께 그나마 나도 웃지, 노상 그 애 얼굴인 듯 쓰다듬고 쓰다듬은 장평 멜론이랑께. 본디 순한 껍질인디 찢어지고 아물기를 반복혀 가며 요 네트 무늬가 생긴 겨. 상처가 참 예술이잖여! 거름진 땅 쨍한 볕 산간 계곡 청정수를 마시고 자란 일품 멜론여.

>
어이 내 불알친구야,
시방 증말로 고향에 말뚝 박으러 온 겨?
달달허구 혓바닥 살살 녹는 이 장평 멜론 한번 먹어 볼 텨?

목련 마스크

바이러스가 연두처럼 번지는 봄이다
바람목의 목련 나무가 국경 수비대같이 서 있다

붉은 꽃으로 위장한 침입자가
바다를 건너와 불춤을 춘다

방어벽을 뚫자 나무는 잽싸게
천의무봉의 마스크를 쓰고
가지마다 꽃을 들고 있다

한 줄로 서서 남쪽부터 차례로
순한 코와 입을 가렸는지
백민白民의 마스크들 반도에 하얗게 피어난다

박규흔전傳

혼자서는 일어나기 힘든 구순 어머니
늦은 밤 옛집 거실에 앉아
마당에서 불멍 하는 딸들 보느라 잠 못 드신다

이봐 사위, 저 탁자 위에 있는 것들 좀 치워 주게
마당에 있는 애들이 잘 안 보여

이봐 사위, 여기 불 좀 꺼 주게
밖에 있는 애들 좀 잘 보이게

두 아들은 거실 바닥에 누워 코를 골고
딸들은 이슬비 내리는 밖에서 호호 깔깔
그 모습 보느라 잠 못 드신다

딸들의 얼굴은 백일홍 같고
타오르는 불꽃 같고
날개를 퍼덕이며 날아오르는 불새 같고
만개한 꽃 같고

그 꽃들 차곡차곡 가슴에 쟁이는
어머니, 어머니

제2부

참나리꽃

아빠가 코로나19로 사경을 헤맬 동안
어린 남매도 차례로 확진되었다

엄마는 그날로 마스크를 벗고 병균을 들이마시고
어린것들과 같은 병실에 격리되었다
온몸을 몽둥이로 두들겨 맞는 듯한 아픔 속에서도
양팔로 품은 아이들의 눈빛은 해맑았다

태풍이 지나가고 무더위가 오고
주근깨투성이의 참나리꽃이
간절한 표정으로 피어 있었다

흑두루미 날다

순천만은 철새 도래지인데 새들이 보이지 않는다
갈대들만 가볍게 몸 비비며 서 있다
고요한 둘레길을 걷다가 흥얼흥얼 노래를 부르는데
서쪽 하늘로 기우는 해가 마침표를 붉게 찍는다
순간, 푸르륵 푸르륵
여기저기서 새들 한꺼번에 깃 치는 소리 들린다
누가 무슨 신호를 보냈는지
갈대밭에서 숨 고르던 수천 마리의 흑두루미 떼가
오후 다섯 시를 끌고 하늘로 날아오른다
발목이 간지러운 갈대들이 잎을 뾰족이 세우고 휘청거린다
저 새들, 어느 행성에서 날아온 누구일까
오래 봉했던 입이 한꺼번에 열린 듯

뚜루루루 뚜루루루 뚜루루루 뚜루루루……

공중의 합창이 웅장하다
새까맣게 하늘을 덮은 군무가 시작된다
제 색에 취한 노을이 서천에 점묘화를 그린다
새들은 해 지는 쪽으로 날다가 돌아서 길게 원형을 만들
다가 화르르

건너편 논바닥에 앉았다가 다시 날아오른다

머리 위에서 회오리가 인다
이곳의 저녁은 새 떼에 포위되었다
갈대들은 방죽에 서서 오도 가도 못하고 있다
새들은 제가 걸어온 길을 지우고 서서히 하루를 지운다
길이 없어진 길 위에서 나는 넋 놓고 그들을 바라본다
저 새들 지금 저 붉은 눈동자로 무얼 주시하고 있는지
긴 다리를 뻗어 이 저녁을 떠메고 어디론가 날아갈 태세다

뚜루루루 뚜루루루 뚜루루루 뚜루루루……

높이 더 멀리 날아가 까마득한 점이 되는 새들
목을 길게 빼고 커다란 날개를 휘저어
저무는 하늘 끝까지 날아갈 듯하다

문득, 겨드랑이가 간지럽다

방임放任

농담을 잘하고
베풀기를 잘하고
찬송을 즐겨 부르고 새벽마다 기도하던 그가 갔다
한창때 자기가 얼마나 위중한 상태인지도 모르고
별일 아닌 것처럼 말하더니 갑자기 그는 갔다

소문이 믿어지지 않아
찾아보기로 한 날 그의 부고를 받았다
나는 또 기회를 놓치고 말았다
그가 여기 있을 때 한 번 더 다정한 눈빛을 나눴어야 했는데
입맛이 있을 때 부드러운 음식을 앞에 놓고
오순도순 눈 맞췄어야 했는데

지금 이 순간은 단 한 번뿐
지금은 얼마나 금쪽같은가
오늘 볼 사람은 오늘 꼭 봐야 한다
오늘 할 일은 오늘 꼭 해야 한다
다짐하다가도 과로와 피곤을 방패로 나는 또 물러선다

나를 방임放任하리라

그러면 이 나무에서 저 나무에로
폴폴 날아다니며 노래하는 산새처럼
유유자적해질까
우산 하나를 잡고 둘이 걸어가는 모습처럼

간들바람

거리 두기로 한산한 마른 분수대에
비둘기들이 옹기종기 졸고 있다

암컷이 무리에서 조금 비켜서서 다소곳이 앉아 있다
수컷은 암컷의 목덜미를 부리로 쪼아 깃털을 다듬어 준다

수컷은 내가 주변을 몇 바퀴 돌아도 개의치 않고
정성껏 오래 털 고르기를 해 준다

무슨 말이 필요할까
알아서 가려운 데를 긁어 주는 그런 사랑

슬몃 다가와 이마의 땀방울을 핥아 주는
간들바람 같은

인천대공원에서

호수가 아름다운 건 반짝이는 은물결 때문이다
키버들이 부드럽게 일으키는 바람 때문이다
박태기나무가 홍자색 나비 떼 같은 꽃을 피워 올리고
분홍 주황 하양 영산홍이 하모니로 넘쳐 나기 때문이다

팥꽃나무 향기 속에서
호수 이쪽 끝과 저쪽 끝을 거듭 헤엄쳐 가는 청둥오리들
무대 한가운데서 쉴 새 없이 물을 뿜어내는 분수
연초록 바탕이 어제보다 짙다

나는 여기서 어떤 빛깔로 어우러질 수 있을까

물속에서 부들이 쉬지 않고 허공을 비질한다
배경이 된 관모산은 호수의 커다란 모자 같다

나는 누구의 배경인가
나의 배경은 누구인가

된서리 내린 아침

은행잎이 우수수 떨어진다
잠깐 쌀을 안치고
끓어 넘치는 된장찌개 국물을 훔치고
세탁기를 돌리며 보니
은행나무 그 많던 이파리들 문득 사라지고
웬 거무튀튀한 벌거숭이 하나
퀭한 몰골로 서 있는 게 아닌가!

나무는 세간의 정욕
다 버린 듯
누런 이파리들 사이에 발을 묻은 채
홀가분해 보인다

이렇게 자신을 내려놓으면 그 자리에 하늘이 내려온다고
양손 치켜들고
묵상하는 성자처럼

겹겹이 걸친 지상의 옷들
가차 없이 벗어야 한다고
묵언으로

>

저이 중보기도 중이다

자동 살균 예약

자동 살균을 시작합니다!

새벽에 문득 정수기에서 여자 목소리가 들려 잠이 깼다
곧 기계음이 들리고 조용히 물 흐르는 소리가 들린다
그러니까 주기적으로 내가 잠든 시간에
저이는 어김없이 수조를 살균하고 있었던 것이다

창밖을 보니
함박눈 내려 어둠 속 세상이 눈부시다
건물 옥상도 길가에 세워 둔 트럭도 사거리도
길 위에 나뒹굴던 낙엽도 온통 새하얗다

내가 잠든 사이 세상이 변했다
누가 내 머릿속을 저렇게 자동 살균 하고
영혼을 깨끗이 씻기면 좋겠다
그럼 저 설경과 어울리는 그림이 될까
그런 나도 누군가의 마음을 깨끗이 씻기는 살균기가 될까

내 속에 자동 살균 예약 버튼 하나 달고 싶다
누르면 마음이 하얗게 살균되는 버튼이

규칙적으로 나를 조절하며

딩동! 지금부터 당신의 마음은 살균됩니다

시詩에게

그때 나는 '나'라는 무명을 버리려고
어색한 시의 옷을 걸치고 시의 문 앞에 섰었다

한구석 자리 잡고 뿌리 내리려 했으나 이내 겨울 오고
헐벗은 가지에 눈이 쌓여 몸이 시렸다
그러나 봄은 오고
숨어 있던 시들 시나브로 꽃눈 터져
온몸 가려웠다

그러나 꽃샘추위를 건너온 시들 이내 지고
지는 꽃자리마다 씨방 들앉았다

꽃나무 맴돌던 샛바람 속에
간간 웃음소리 섞였다

병아리들이 어미 날개를 파고드는 초저녁
눈시울이 붉어진 하늘
크고 빛나는 별 하나
두 손에 담아 본다

\>

갈수록 무거운 옷의 깃을 펴고
헐렁해진 시의 단추를 여미며

성금요일 아침

마당가 산목련 꽃 진다

가로등 꺼지고
희미한 어둠 속에서
밤새 앓은 듯 나무는 초췌하다
가만히 양팔을 벌리고 선 고요다

동쪽 하늘에 주황이 번지고
불끈 해가 솟는다
핵이 솟는다

빛이 있으라!

어둠 한가운데
붉은 방점이 찍힌다

궁창에 금물결이 차오른다
세상이 밝아진다
산목련 나무가 순백의 꽃잎을 밟고 선다

너는 새로 태어난 누구인가?

월동

추위를 많이 타서 양가죽 코트를 샀다
그러니까 나는 양을 죽인 죄인이다

무화과잎 치마를 벗기고
가죽옷을 지어 입힌 이는
나 때문에 자기 살을 찢은 어린양이란다

이 피 묻은 가죽옷 한 벌로
나는 혹한을 견딜 것이다

잠시도 눈 감을 수 없다

아침 산책길에서 납작하게 접힌 사내를 본다. 나무 의자에 앉은 채 배와 허벅지가 종이 한 장처럼 붙어 있다. 두 손은 땅바닥을 짚고 약간 엎드리듯 있는 그의 옆에는 007 가방 하나 놓여 있다. 내가 공원을 몇 바퀴 돌 때까지 그는 그대로다. 심장이 멎은 걸까? 문득 내 심장이 두방망이질한다. 지나가는 청년에게 사내를 건드려 보라고 하고 한참을 기다리니 그는 허리를 세우고 고개를 들더니 어리둥절한 표정으로 나를 본다. 진한 갈색 티셔츠에 검정 바지를 입은 사내의 등 뒤로 핏빛 영산홍이 흐벅지게 피는 중이다. 저이 어디론가 아주 멀리 갔다가 방금 돌아온 것일까?

나도 저렇게 나를 잃고 헤맬 때 있었다. 나무 꼬챙이같이 말라비틀어진 생각이 어디론가 떠돌다가 다시 내게로 돌아오기까지 한참 걸렸었다. 어리둥절 당도해 보면 거기 있는 내가 낯설고 얼떨떨했다. 그럴 때마다 내게서 눈 떼지 않던 이 있었다. 멍한 표정인 내 손을 잡아 일으켜 주던 이 있었다. 마른땅을 적시는 이슬처럼 부드럽게 나뭇잎을 흔드는 바람처럼 그이는 언제나 내게서 눈을 떼지 못한다. 나와 너와 그를 돌보느라 그분은 잠시도 눈 감을 수 없는 것이다.

조팝나무
―유림에게

산불에 그슬린 나무는 겨우내
비탈에 서서 휘청거렸다
회초리로 제 몸을 치며 흐느끼다가
끝내 고요해지는 사람처럼

부르튼 상처가 꽃망울을 품었다
젖꼭지가 부풀어 올랐다

그렇게 달이 차고
짜르르 젖이 돌았다

어느 날 부드러운 봄의 입술이 꽃판에 닿자
기다렸다는 듯 하얀 젖줄이 샘솟았다

가난하여 슬픈 것들 다 먹여 살릴 듯
풍성하게 꽃 피웠다

자귀나무

장맛비 주춤한 저녁나절 어디서 잘 익은 복숭아 냄새가 온다
앞문 옆문 다 열어젖힌 출출한 시간
냄새를 찾아 나선다

마스크들은 코로나19 만난 듯 서로 외면한다
비둘기 한 마리
낮게 날아 벗나무 터널 쪽으로 사라진다

별빛은 희미하고 열나흘 달은 여물어 가고
새가 날아간 쪽을 지나 보행육교를 건넌다
언젠가 청설모를 만났던 소나무 숲길

내리막길을 걷다가 뛰다가 잠시 숨을 고르는데
문득 품 넓은 자귀나무 그늘이 열린다

결 고운 명주 실타래를 자른 것 같은 꽃들
새색시 얼굴을 온통 분홍으로 물들이는 화장 솔이 그득하다
이 우기에 신방을 차렸나?

짧은 밤 합환주를 마시고 일찍 자리에 누웠나?

마주 보며 포갠 잎들
잠의 깃털 위로 달빛이 흐른다

달콤한 향이 사방으로 퍼진다

이팝나무

오월 한낮 보행육교 위에서 그가
올려다보던 나를 코앞에서 내려다보며 말했다
우리 결혼합시다

순간의 구름 여러 필 끊어 와
새틴 웨딩드레스 만들었다
풍만하고 눈부신 백색이었다

삶은 이따금 바람을 몰고 와 베일을 벗겼다
꽃인 사랑은 화약이 되기도 했다

불신이 전염병처럼 도는 시절
마스크를 낀 사람들 힐끔거리며 지나가고
갈변한 언약들이 낙엽처럼 흩날렸다

보행육교

끊겼던 공원 길을 잇자 바람이 더 많이 몰려온다
거리 두기로 갑갑한 나날이 열린다
평평한 길은 때로 따분하다
오르막과 내리막이 지그재그로 이어지다가 순한 직선으로 돌아오는 길이 좋다
첫 계단을 딛고 한 발 한 발 오르다 보면 꼭대기가 되고 하늘이 가까워진다
육교 위에 서면 아래서 올려다보던 나무를 내려다보며 꽃에 취한다
바람이 머리칼을 헹구며 지나간다
길고 넓은 등허리를 숙인 구름다리가 다산의 여인 같다
그녀가 어부바 자세로 서서 유리 난간에 무지개를 만든다
무지개를 건너는 사람들이 바람에 둥실둥실 떠오른다

곁

한라산을 오르는데 죽은 구상나무가
살아 있는 나무 곁에 버젓이 서 있더군
삶과 죽음이 어깨를 나란히 하고
구름 아래 서귀포를 내려다보더군
덩치 큰 까마귀들 주고받는 말 사뭇 심각했지
은하수를 잡아당길 수 있다는 산정에서 깨달았네
죽음은 마실 간 것이고
삶은 죽음의 곁인 것을
바람이 차기가 함경도 끝과 맞서는 데서*
생각하는 나무 곁에 오래 서 있었네

* 정지용, 「백록담」.

제3부

쇠뜨기

뽑아도 뽑아도 치솟는 악다구니라고요?
이래 봬도 뿌리가 깊다니까요
나 언제 호미를 든 당신 손등 한번 할퀸 적 없이
내 마디마디 몸 끊어서라도 낮아질 줄 알지요
허락받지 않은 곳에 뿌리내린 것이 죄가 되나요?
그러나 땅은 있는 그대로 나를 받아 주었지요
남새밭 구석에 없는 듯 살아도 죄가 되나요?
눈치 없이 이파리를 넓게 펴고 그늘 만들지 않을게요
눈치껏 목 늘여 부추가 먹다 남은 햇볕 한 줌 얻어먹고
지문도 나이테도 없이 잠깐 푸르게
숨 좀 쉬다 가면 안 될까요?

직박구리

삼월 중순 눈발 속에
곱게 핀 목련을 보고
와! 탄성을 지르며 다가가 보니

칙칙한 그림자 하나가
꽃봉오리 사이에서 부산하다
회갈색 귀에 갈색 반점 도드라진
가슴에 흰 얼룩이 있는 새가

막 피어나는 꽃송이를 마구 짓밟고 있다
제 입맛대로 꽃의 가슴을 헤치고 순결을 파먹는다

선하게 미소 짓던 인권운동가
여비서 성폭행범 같다

저어새섬

저어새들이 주걱 부리로 남동유수지 물속을 휘젓는다
승기천에서 흘러온 물을 한 모금 마시다가
고개를 위아래로 흔들며 주변을 살핀다
갸우뚱 바라보는 하늘 높이 괭이갈매기 떼 날아간다
바람 불고 저녁 해가 펄에 미끈거린다
무인도에서 펄럭이는 무슨 깃발 같다
너구리를 피해 가파른 오르막길 바위틈에 집을 짓기도 한다
어미는 알을 굴리고 아비는 먹이를 물어오는 동안 수백 년
이 훌쩍 간다
날개가 흰, 멸종 위기의, 그 우아한 몸짓!
멀리서 보면 뽀얀 섬 같은

파도의 뒤꿈치를 밟고 서서

팔월의 들끓는 파도는
우리가 우리에게 함부로 했던 시간을 지우며 밀려오는가
제주 4 · 3 희생자들의 피를 기억하는 표선 해변이 뜨겁다

너른 백사장에 하얗게 사빈을 만들어 놓고 가는 파도
그 파도를 모아 두려고 바다는 더 푸르고 깊어지는가

바다를 숨 쉬게 하는 것은 언뜻 보이는 흰 물결뿐이라서
파도는 햇살에 몸을 기댔던 것일까

파도는 간신히 손을 흔들며 제 몸을 버리며 멀어져 간다

신음으로 세상을 밀어내며 돌아보는 저 표정은
우리에게 무엇이 되고 싶다는 간절한 마음 같다

해변이 미역 오리처럼 어둑어둑해진다
끝없는 백사장 큰 파랑의 터에서
우리는 그 큰 마음을 어찌 다 여며야 하는가

그때 그 피 여전히 뜨거워서 새들은 발을 털고

물가를 종종 달리다가
날아오른다
날아오른다

다시 내려와 파도에 발을 씻고
석양 저편으로 사라진다

나는 저 파도의 뒤꿈치를 밟고 서서
새들이 날아간 하늘을 본다

천장호 출렁다리를 건너며

맑은 물결 같은 미소로 호수에 그림자를 적시던 아버지는
칠갑산 아흔아홉 골을 돌아 나온 바람을 따라가셨다
그날 흔들리는 두 다리로 애써 중심을 잡다 풀어지다가
길게 한숨을 쉬며 말씀하셨다

용서혀라

내가 밥숟갈 두 개 들고 제금나서
농사일 욿을 땐 도회지로 댕기며 노가다 혀 가며 장만한
논인디 말여
영특한 딸들 대학 문전에 못 가도
내 목심같이 붙들고 있었던 논인디 말여

워쩌겄냐 불쌍히 여겨라
본디 착한 놈인디 오죽허면 그러겄냐
한없이 구덥 치르고 전디다 전디다 못혀 돌았나 벼
진들 목구멍에 뱁이 들어가겄냐

그놈이 이 출렁다리만 밟었더라도
흔들리는 맴을 바로잡는 법을 배웠을 겨

여기서 흔들흔들 멀미 좀 허다가 정신 차린 너희가 맴을
비워라
따지고 보면 우린 다 죄인인디 용서받은 거잖여

아버지는 말기 암을 끌어안고 마지막으로 고향을 돌아보며
유언처럼 용서를 말씀하셨다
칠갑산 그림자를 담은 호수같이
출렁다리 위에서 아버지는 모든 것을 품고 자식들을 가르
치셨다
그날따라 천장호 수문장 소나무들 더욱 푸르고
윤슬이 은하수처럼 반짝였다

지금 누가 출렁다리를 흔들어 대는지 출렁출렁 오금이 저
리다
나는 유리 발판을 딛고 서서 길게 심호흡한다

오늘도 아찔하게 건너온 출렁다리를 바라보며 아버지의
말씀을 되새긴다

분갈이

그녀 군자란 화분을 거꾸로 들고 겨우 속을 빼낸다
비좁은 화분에서 뿌리들이 스크럼을 짜고 무섭게 엉겨 있다

남편 사별 후 갈 곳 없는 자식 들여
아옹다옹 수험생 손자 둘 뒷바라지 다 하고 나갈 동안

배수 구멍까지 메우며 팽창한 그것들

그사이 단단히 믿던 시조카는 옥답을 가로채고
시위처럼 오른쪽 폐를 뭉텅 잘라 낸 그녀가

군자란…… 행운목…… 꽃기린…… 백량금……

중얼거리며
분憤을 갈아엎듯
짓무른 뿌리들 과감히 잘라 낸다
한숨 같은 흙먼지들 털어 내며
곁가지 잘라 나눈다
희고 둥근 화분에 또 한 생이 분주 되고

>

물 한 바가지를 끼얹자

시들어 가던 이파리들 제 색으로 살아난다

백신 효과

코로나 백신 3차 접종 후
코로나19에 걸렸다
아무리 피하려 해도
병은 뜻밖의 귀신 같았다

열이 펄펄 오르고
목이 붓고 소리가 나오지 않았다
그 후 석 달
맛도
냄새도 사라졌다

한번 독하게
앓는 것이 가장 좋은
면역이라는 듯

꽃잎을 머리에 인 사람들

빗장이 풀리고 꽃길이 다시 열렸다
　휠체어에 앉은 노인, 손에 손을 맞잡은 이들, 킥보드를
타는 아이들
　끝없이 홀가분히 이어지는 봄맞이 구름 떼

　추위 속에서 부둥켜안고 있던 것들 다 내려놓는
　벚나무의 마음이 날개를 편다
　공중 가득 웃음이 반짝인다

　흩날리는 꽃잎을 머리에 인 사람들이
　보드라운 꽃잎의 세례를 받아 화사한 얼굴들이

　심장병 어린이를 돕자는 가수의 특설 무대 앞에서
　길냥이도 검은머리방울새도 흥겹다

　봄바람은 찬 바닷속에서 심장을 움켜쥐던 꽃잎들을 기
억할까?
　흩날리는 꽃잎을 머리에 인 사람들이
　마스크를 쓰고 꽃나무 밑을 거닌다

펜스를 뛰어넘는

금강이 얼었다는데 올가을에 수리한 고향 집 수도가 걱정되었다. 열 일 제치고 두 시간을 달려가야 하나 아랫집에 부탁해야 하나 망설이는데 전화벨이 울렸다. 아무래도 우리 집을 둘러보고 와야겠다는 시골 교회 목사님이다. 현관문은 비밀번호를 누르면 되지만 대문 열쇠를 가지고 왔다 하니 펜스를 뛰어넘어서라도 가 보시겠다고 하셨다.

그날 목사님은 정말로 빙판 언덕길을 달려 우람한 황소 등을 뛰어넘듯 펜스를 뛰어넘어 우리 집 수도를 점검하셨다. 수도꼭지마다 틀어 보고 부엌 쪽 수도관에 살얼음이 얼기 시작하자 라디에이터를 켜고 온도가 오르기를 기다렸다가 수도꼭지에서 물이 똑똑 흐르게 하셨다.

"아, 물이 쬐금 얼었다가 터졌슈. 어디 구부러진 관이 쫌 맥혔는디 뚫렸으니께 아무 걱정 말아유."

그 한마디에 겨우내 답답했던 내 속 어딘가도 뻥 뚫렸다. 한파 내내 우리 집 수도관은 얼어 터지지 않았고 나는 즉시 대문 열쇠를 번호 키로 바꿨다.

비가 올 줄 모르고 멀리 왔다고 고추와 빨래 널어놓은 걸 걷어 달라고 다급히 전화하는 성도의 집으로 달려가기도 하고, 농번기엔 얼굴 한 번 보기 힘든 이의 일터로 찾아가서

멀찍이 일하는 모습만 지켜보며 기도하고 오신다는 목사님. 신학에 심리학까지 섭렵한 박사님인데 설교는 굵고 짧고 쉽게 핵심을 전하신다. 그런 분이 구태여 시골 교회 목회를 자원한 것은 영락없는 충청도 사람이기 때문일까? 산으로 들로 호숫가로 다니며 말씀을 전하고 병든 사람을 고치고 죄인과 버림받은 이들을 돌보던 예수님을 꼭 닮았다.

그래서인지 성도들의 얼굴은 어린아이처럼 해맑다. 지팡이에 의지해 걷는 손위 시누의 가방을 들고 노상 그림자처럼 따르며 성전에 들어오는 팔순 올케의 모습은 정겹기만 하다. 허리가 아픈 칠순 어미가 다리가 아픈 과년한 딸의 손을 잡고 간절히 기도하는 모습은 천사 같고, 예배 시작부터 끝까지 노총각 집사의 아멘 추임새가 맛깔나다. 교회 음악을 전공한 사모님의 지휘에 맞춘 찬양대의 우렁찬 화음이 울려 퍼지자 복음福音에 귀가 열린 밤송이 벌판의 벼 포기 포도 넝쿨 참외 수박이 무럭무럭 자란다.

아픈 손가락

손가락 마디마디가 쑤신다
아침에 일어나면 퉁퉁 부어 있다
오른손 중지는 첫 마디 관절이 옹이처럼 튀어나왔다
그 손으로 여전히 텃밭을 가꾸고 집안일을 하고
컴퓨터 자판을 두드리고 글을 쓴다
한때는 병든 당신의 몸을 씻기고 뜨개질을 했다
한때는 타자를 치고 주판알을 튕기고
한때는 홀치기를 하고 뽕잎을 따고
나물을 캐고 낙과를 줍기도 했다
그동안 혹사했구나!
속죄하듯 굽은 손가락을 들여다본다

너만 아들이 없구나 그래서 내가 눈을 못 감지
이따금 아버지는 말씀하셨다
나는 아버지의 가장 아픈 손가락이었을까
네가 제일 매운 시집살이를 하는구나
그래서 마음이 아프다던 어머니는 아직 나의 엄진데
동기간도 검지 중지 약지 소지 저마다 아픈 손가락이 다른데
세상 끝까지 함께 가자 한 사람과 손을 맞잡을 때도
나는 열 손가락이 아프다

\>

사랑해!
아기가 말을 배우기도 전
어설픈 엄마가 손바닥에 써 주었던 말
멋모르고 움켜쥔 작은 주먹도
변변히 감싸 주지 못한 어미라서
자꾸만 손가락이 아프다

황제펭귄

검은 연미복에 주황 목도리를 두른 눈사람 같다

얼음 절벽으로 둘러싸인 빙판에 서서
발끝으로 균형을 잡고
온종일 암컷이 낳은 알을 발등에 올려놓고
날개를 접고 차렷 자세로 보초를 섰다
허들링으로 추위를 녹이며
두 달 넘게 알을 품은 아비였다
눈만 먹어 몸이 비쩍 말랐다
겨울은 길었다
눈보라와 싸우며 도둑갈매기를 쫓으며 봄을 기다렸다

새끼가 태어나면 위장 속에 남아 있던 먹이를 토해 먹였다
그것도 없으면 제 위의 점막까지 꺼내 먹였다
새끼들 빙판에서 넘어질까 봐 전전긍긍
바다로 가는 길을 가르쳤다
조금씩 헤엄치는 법도 가르쳤다
어린것이 겁 없이 내달릴 때는
자신의 몸을 넙죽 엎드려 미끄럼을 타며
곤두박질하는 녀석들을 막았다

>

그렇게 사십 년이 갔다
이제 새끼들은 자기 새끼들을 돌보고 가르친다

황조근정훈장을 두른 그의 목이 황금빛으로 빛난다

바지락 칼국수를 먹는 중이다

불더위에 맛집에서 바지락 칼국수를 먹는다
껍데기 안쪽에 붙은 조갯살이 쫀득쫀득하다
바닷가 모래 속에서 숨구멍만 내놓고 버티다 잡힌 그 바지
락인가
조갯살을 파는 노파는 쇠꼬챙이로 종일 조개의 단단한 입
을 벌리느라
나무토막 같은 손가락이 울퉁불퉁 부르터 있었다
불을 지피면 조개 아니라 그 무엇도
입을 열지 않고는 못 배기는데
아무리 고문해도 입을 열지 않는 죄인도 불 고문에는
입을 열기 마련이라는데
칼국수 그릇 밑바닥에서 돌멩이처럼 덜거덕거리는
이것은 무엇인가
펄펄 끓는 물고문에도 끝까지 입을 다문 채 죽은!

이천 년 전 신성모독으로 모함받고 고난당하던 한 사람도
그랬다
반론할 기회가 많았지만 끝까지 그의 혀는 굳게 닫혀 있었다
변명의 여지가 없었다 그는 하늘의 아들이 분명했으므로

＞

폭염경보가 내렸다

더워 죽겠다고 아우성들이다

입을 굳게 닫은 이 바지락 하나가 묵언으로

원인 모를 그 침묵에 대해 질문하는 건지도 모르는데

나는 에어컨 바람이 시원한 식당에서

바지락 칼국수를 맛있게 먹는 중이다

이통령 댁 면사랑

청양의 맛집 면사랑은 장평면사무소와 마주 보고 있지요. 문을 열면 야구 모자를 눌러쓴 내 죽마고우 중추리 이장님이 반겨 줍니다. 이장은 마을의 대통령 이통령이죠. 우리 집을 수리하는 그의 군대 동기가 홍보 특보처럼 말하자, 머슴이다 상머슴. 쟁반을 든 주인장 얼굴에 멜론 꽃이 활짝 핍니다. 한 나라의 대통령은 우선 국민이 잘 먹고살게 해 줘야지요. 낮은 곳 소외된 마음부터 다독거려 국민이 마음 편히 살게 해 줘야지요. 웃음 인심부터 후한 이통령은 이 말 저 말 귀담아듣느라 당나귀 귀가 됩니다. 동네일 농사 일 식당 일 몸을 사리지 않습니다. 시커먼 몸뻬 차림에 두건을 단정히 쓴 영부인은 제 식구 거두듯 입맛 따라 갖가지 메뉴를 해 대느라 손 마를 날이 없네요. 아픈 이웃에게 수시로 음식을 챙겨다 주는 그녀의 귀갓길은 돌보는 고양이들이 앞장서지요. 매일 신선한 재료로 음식을 만들고 정성을 푸짐하게 퍼 주는 이통령 댁 면사랑, 이 나라 백성은 배부르고 행복하답니다.

개미

개미야 여름은 참 길기도 하구나
이른 아침부터 땅거미 질 때까지
쉬지 않고 네가 하는 그 일이 나는 궁금하다

더듬이를 세우고
곰곰 생각하는 그것이 나는 궁금하다
삼각형으로 단단해진 머리
구부정한 등
실낱같은 다리로
열심히 기어가는 그곳이 나는 궁금하다
머리가 잘리고도 펄펄 뛰는 메뚜기를 끌고 가는
그 무심이 나는 궁금하다

잘록한 허리는 금방 끊어질 듯한데
곰곰 무언가를 끌고 가는
너는

감자알 이웃

'코로나가 잠잠해지면 인사드리려 했는데
상황이 더 나빠져 어쩔 수 없이 비대면으로 마음을 전합니다.'

현관 앞에 놓인 감자 한 상자
노란 메모지가 방끗 웃는다

알이 굵고 속이 뽀얀 감자를 가꾼 마음이
싹을 틔워 밭에 심고 북주기를 여러 번

수시로 들여다보고 쓰다듬었을 마음이
하얀 감자꽃 위에 어른거린다

하지 무렵, 수상하던 땅이 툭툭 불거지기 시작하면
호미 끝으로 조심조심 흙의 심장을 열었으리
탯줄에 매달린 자식들처럼 감자들 주렁주렁했으리

그러니까 이건 분명 며칠 전 이사 온 아랫집?

두루마리 휴지 한 통 사 들고
두 차례나 초인종을 눌러도 인기척이 없더니

인터폰도 안 되더니……

새우젓을 풀고 청양고추를 썰어 넣은
감잣국 얼큰한 저녁이 식탁에 풍성하다

절름발이 춤

한 사람이 횡단보도를 건너고 있네
빨간불이 들어오고 한참 지났는데
수척한 노인이 절름거리며 가네
차들이 멈춰 서서 끝까지 기다리네
손에는 반려견의 목줄이 들려 있네
몇 보 앞에 털북숭이 한 마리
연신 춤을 추듯이 걷네
두 귀와 꼬리를 분홍으로 물들인 흰색 몰티즈
어쩌다 뒷발이 하나 잘려 나갔네
없는 발이 땅을 디딜 때마다
한 다리가 심하게 기울어지고
꽃송이 같은 꼬리 실룩거리네

성한 다리의 길이만큼 솟아오른 몸이
와락 짧은 다리 쪽으로 쏠렸다가
뒤로 잦히기를 반복하는 저
절름발이 춤

삶은 비틀비틀 껑충
장단에 맞춰 흔들리는 춤판이라고

절름발이가 절름발이의 마음을 가장 잘 안다고

끝까지 함께 가자고

제4부

집 한 채

태어나고 자라고 온갖 풍상을 함께한 집 한 채가 있다 치자
구십 년째 버티고 있는 대들보가 무너져 칡넝쿨에 덮일 것만
같은 집 한 채가 있다 치자

허리 협착증과 무릎 관절염과 근육 파열로
엉덩이와 다리에 바위를 매단 것 같아
열 번 스무 번 마른 몸을 비틀다가 겨우 일어나는 어머니 같
은 집 한 채가 있다 치자
팔에 쇳덩이를 얹은 것 같아 일상이 고통인 어머니 같은 집
한 채가 있다 치자

자식 여섯 먹여 살린 젖가슴은 배꼽까지 늘어졌고
짓무른 눈빛이 흐린 유리창 같은
졸수卒壽 어머니 같은 집 한 채가 있다 치자

창문 밖 자동차 경적은 무시로 울고 가는데
비로소 일손 놓고 발끝 세우고 누운 어머니 같은 집 한 채
가 있다 치자

명절 지나 북적대던 자손들 떠나고 나니
뒷집 발바리 왈왈대는 소리마저 다정하다는 어머니 같은

대물림

동생들이 그런다
제발 시 좀 그만 쓰라고
왜 화창한 날 틀어박혀 끙끙대냐고
나는 아버지를 닮아서라고 말한다

어디 써먹지도 못할 문장 하나 붙잡고 골몰하던 아버지
신문이고 비료 포대고 자식들이 쓰고 버린 공책이고 간에
잡히는 대로 붓글씨를 덧쓰셨다

집구석이 온통 시커멓다고
닦아도 닦아도 먹물은 닦이지 않는다고
그 잘난 글줄에서 밥이 나오냐는
어머니의 성화에도 빙그레 쏟아 놓던 그 흘림체

고추 모종을 하다가도 호미 끝으로 글자부터 심으셨다
탈곡을 하다가도 나무 꼬챙이로 마당에 글을 쓰셨다
밭고랑에 밭두둑에 마구 빼곡히 써진 문장들
더러 새들이 쪼아 먹고 바람이 몰고 간 그 문장들이
내게 번져 와 나는 꼼짝없이 글의 노예가 되었다

>
아버지는 지금 어느 별에서 무슨 글을 쓰고 계실까
실여치 보리수 풀뿌리들의 읊조림이 낯익다
그 문장들을 곰곰 들여다보는 여름밤

자목련

마침내 그 편지가 도착했습니다
길고 긴 불면의 계절을 지나
추위를 건너온 소식입니다

고향 집 마당가
어린 딸은 가느다란 목련 가지를 붙잡고
당신이 휘묻이한 그 꽃들 마구마구 번져
자줏빛 꽃등 휘황합니다
막 피어나는 당신의 미소들을
조심조심 엽니다
운명하셨다는 말 믿기지 않을 만큼
따습던 당신 살갗을 애만지듯
꽃의 행간을 쓰다듬어 봅니다

일 년에 한 번씩 어김없이 보내 주시는 편지
읽고 또 읽느라 봄날은 짧기만 합니다

그러나 울컥 복받치는 이 꽃자줏빛은
아무래도 당신의 임종 못 지킨 설움 같은데
절정에서 툭 툭 내려놓은 설움 같은데

\>

그래도 다시 사뿐 날아오를 영혼이라는 말씀에
밑줄을 긋습니다

가오리연

꼬리가 반쯤 잘린 채 몸통이 접힌 것이 플라타너스 가지 끝에 걸려 가지가 휘청거릴 때마다 떨며 흐느낀다

아버지는 마름모꼴로 자른 한지에 대나무 살을 구부려 붙여 가오리연을 만들어 주셨다 긴 꼬리연을 묶은 얼레를 잡으면 감긴 실이 술술 풀렸다 아버지는 어린 딸의 손을 감싸 쥐고 연줄을 풀어 주셨다 바람의 세기를 보며 조금씩 얼레를 돌리면 연은 꼬리를 흔들며 솟아올랐다 새보다 높이 구름보다 아득히

바람만 잘 타면 나도 창공을 날 수 있을까

그러나 아버지가 실을 말아 연을 거두면 까만 점이 된 것이 점점 커지다가 문득 가오리가 되어 내 발밑에 다소곳이 엎드리곤 했다 그럴 때마다 먼 하늘이 새큼하게 따라와 코끝을 간질였다

커서는 혼자서 연을 날렸다 연은 공중 곡예를 하다가 곤두박질치다가 감나무 꼭대기에 걸리곤 했다 자꾸 눈물이 났다

누가 그때 그 가오리연을 풀어 줄 수 있을까

보이지 않지만 느껴지는 따뜻한 손이
내 손을 맞잡는다

가장 차가운 처방

오목가슴이 뻐근하고 답답해서 한의원에 갔더니
제발 힘 좀 빼라 한다
과속한 시간만큼 뜨거운 엔진을 식혀야 한단다

달리던 승용차 한 대가 고속도로 갓길에 퍼져 있는 것
을 보았다
엔진 과열에 태양열까지 받아 곧 폭발할 것 같았다

그 작은 몸으로 언덕을 오르고
자갈길을 달리고 물구덩이를 건너왔을까
폭설에 덮여도 눈만 빼꼼 열고 또 달리다가
빙판에서 여러 번 굴렀을지도 모를 일

의사는 불붙기 직전이라고
당분간 그냥 퍼져 있으라고
대침으로 여기저기 푹푹 찌르며 다짐을 받는다
이 삼복에 손발을 꽁꽁 묶어 놓았다

나는 급히 시동을 끄고
라디에이터에 찬물 한 바가지 들이붓는다

착한 머슴

울렁울렁 속이 쓰려요. 뒤틀려요.

우리 주인님은 눈매가 새초롬한데 말은 뻣센 가시 같아요. 새경도 안 주면서 밤낮없이 일을 시켜 나를 지치게 하죠. 어제 그녀는 새벽까지 원고 교정을 봤어요. 부스럭부스럭 종잇장 넘기는 소리가 밤새 칭얼대는 파도 소리처럼 들려 잠을 잘 수 없었죠. 아침 일찍 출판사로 넘길 원고가 반 너머 그대로라고 주인님은 저녁은 줄 생각도 않았죠. 그녀는 목구멍에 물 한 모금 넘길 여유조차 없이 원고에 코를 박고 있었어요. 그녀의 등허리와 목이 활처럼 휘었을 때 문득 생각났는지 푸성귀에 고추장을 듬뿍 넣은 양푼 비빔밥을 넣어 주었죠. 그녀는 눈물이 찔끔 날 정도로 입을 크게 벌리고 소나기밥을 욱여넣고는 꾸벅꾸벅 졸았어요. 그러고는 친절하게도 사약 같은 블랙커피 한 사발을 들이밀었죠. 착한 종은 주인님이 주는 거라면 군말 없이 받아먹어야 하거든요. 그런데요, 어떻게 주인님은 애매한 문장들을 족집게처럼 집어내는지 단어별로 띄어 쓴 것은 고유명사니까 붙이고, 대화체에 빠진 큰따옴표를 찾아 넣고, 글쓴이의 의도를 존중해서라나 뭐라나. 주인님의 까탈진 입맛은 어느 상머슴도 못 맞출 거예요. 어쨌든 나는 그녀와 날밤을 샜는데요.

울렁울렁 속이 쓰려요. 뒤틀려요.

>

—역류성 식도염입니다.

아니, 이 착한 머슴을 잠도 안 재우고 굶기다가 거친 소
나기밥을 먹이면 어떡해요!

내시경 사진을 들여다보던 주치의가 혀를 끌끌 차며 말
했어요.

뒷짐

등 뒤로 맞잡은 두 손이 구부정한 허리를 괸다
무너져 가는 중심을 떠받치는 지지대가
주저앉으려는 뼈를 다시 일으켜 세운다

목과 허리와 무릎이 펴진다
바람 빠진 풍선 같은 배에 잔뜩 힘을 준다
하늘의 기운과 땅의 힘이 두 팔에 있는 듯

푸른 하늘 한 점 흰 구름을 바라보다가
덩굴장미 늘어진 울타리를 지날 때
들숨 날숨이 꽃잎처럼 가볍다
카메라 렌즈 속 얼굴이 활짝 핀다

아기를 가슴에 안고 눈을 맞추다가도 문득
등 뒤로 굴리는 듯 잡는 손
붉은 장미들 와르르 업힌다

구절초

망월산 기슭에 구절양장으로 피어나던 꽃
열네 살 계집애 머리에 환하던 꽃

종아리 시린 추분 무렵
초경을 치르는 계집아이는 아랫배를 움켜쥐고
어머니는 토방에서 구절초를 달이시고

골수에 스민 숙근초 향기
산비탈 두둑이 화초장 같은 꽃

고드름

칼싸움을 하다 말고 다들 어디 갔을까
처마 끝엔 뾰족한 칼들 매달렸는데
하늘은 맑고 세상은 눈부시게 푸른데
맑은 바람에 댕강댕강 칼날 부딪치고
이따금 우지끈 칼끝 부러지는 소리

칼들 모두 여기 매달아 두고 다 어디로 갔을까
칼 다 부러지고 이 싸움 다 져도 좋으니
돌아오라 친구여

능소화

어머니가 또 대전 셋째 이모 댁에 들러 논산 넷째 이모 댁으로 가셨다. 전화기 속에서 어머니는 삼복더위에 시원한 벌곡에서 막내가 만든 콩국수를 두 그릇이나 드셨다고 한낮의 능소화처럼 톤을 높이신다.

아침 먹고 두어 시간 저녁 먹고 두어 시간 고도리를 치며 논다고 하시는데 나도 여동생들과 함께 비빔밥을 먹고 수다 떨다가 전화한다고 하니 이모들이 참 보기 좋다 하신다. 어른들이 우애 있는 모습을 보여 주셔서 우리도 따라 한다고 나팔을 부니 능소화 주황 꽃줄기 사이 마주 보던 초록 잎사귀들이 손뼉을 친다. 갑자기 능소화가 된 우리는 어깨를 으쓱거리며 능소화끼리 눈을 맞추는데 늘어진 능소화 줄기 같은 전화선 끝에서 웃음소리 만발이다.

미수 언저리 자매들의 농익은 표정 같은, 지천명에서 이순 무렵 여인의 도톰한 입술 같기도 한 능소화들이 절정이다.

화면 속

타클라마칸사막
낙타가 등에 무거운 짐을 지고 간다
긴 목을 곧게 세우고 한번 뒤돌아보지도 않는다

연골이 부은 듯한 다리가 가느다랗다
모래바람이 분다
짓무른 눈에 눈물이 흐른다
그는 걸으며 깜빡 잠들기도 한다는데

육 남매를 짊어진 갈색 낙타가 있다
일생 가시풀을 먹으며
모래바람 속을 걸었던 그가
하우스 푸어로 얹혀살다 나간 자식 빈자리를 어루만지며
남은 세간을 정리한다
창으로 들어온 햇빛 한 줄기
그의 마른 등을 어루만진다

단봉낙타 같은 그의 등이
유난히 불룩하다

북한산 능선을 오르다가

바위틈을 비집고 선 등이 휜 소나무를 본다
징징거리는 아이 같은 바람에 등을 다 내주고
허리가 꺾일 듯 휘었다
거침없이 내달린 바람이 고삐를 채운 흔적이다

바람은 나무에 닿아야 비로소 휘파람이 된다
바람 속에 가지들이 사뭇 부산하다
나무는 기억을 더듬어 한 삶을 되뇌고 있다

폭설과 불볕을 이고 맨몸으로 건너온 세월
고비마다 놓고 싶었던 손마디가 울퉁불퉁하다
땅속 깊이 닿은 뿌리가 물을 길어 올려
길러 낸 자손이 다보록하다

금방이라도 시위를 당길 듯
주변을 어슬렁거리는 시간에 화살을 겨누고 있는 것일까
휘어진 쪽으로 마침내 쓰러질 것만 같은 나무는
평생 허리 한번 제대로 펴지 못한 어머니이다

묵서명墨書銘

고향 집을 수리하느라 천장을 뜯어 보니
상량문이 방금 먹물로 쓴 듯 선명하다

西紀 一九七六年 三月 十一日
무진생 용띠 가장은 손수
천리에 순응하는 새집을 짓고
입주를 하늘에 고했다

오복을 기원한 가족 신화가 진중하다

빛을 우러러
범사에 감사한
아버지

내력의 뿌리가 곧다

옛집

허름한 우산 하나
폭우를 견뎌 낸다

찢어진 정수리로
물 폭탄이 쏟아져도

끝까지 나를 감싸는
아버지의 야윈 어깨

해 설

동식물과 고향 제재의 시편들

공광규(시인)

1

류인채 시인은 필자와 같은 나이이면서 같은 고향인 충남 청양 출신이다. 청소년기까지 시골 경험을, 이후 고향을 떠나와 도시 경험을 한 것도 필자와 비슷하다. 인천대학교 대학원에서 문학박사 학위를 받은 시인은 2014년 계간 『문학청춘』 시 부문 신인상을 수상했다. 2017년 《국민일보》 신춘문예에 시 「돋보기」가 대상으로 당선되면서 활발한 문학 활동을 하고 있다.

시인은 시 「시詩에게」에서 진술하듯 온몸이 가렵도록 "숨어 있던 시들 시나브로 꽃눈 터져" 그동안 시집 『나는 가시연꽃이 그립다』 『소리의 거처』 『거북이의 처세술』 『계절의 끝에 선 피에타』 등 여러 권의 시집을 냈다. 2014년 인천문학상을 수

상했고, 경인교육대학교와 성결대학교에서 후학들을 가르치고 있다. 현재 계간 『학산문학』 편집위원이기도 하다.

시인은 「시인의 말」에서 안개가 자욱한 산책길을 따라 걷다가 발밑에 눌린 풀잎을 보고, 손사래 치는 나뭇잎을 보고, 우짖는 새들과 그 뒷전에 있는 자신을 보고 고향의 목소리를 듣는다고 쓰고 있다. 정리를 하면 시인은 일상에서 풀잎과 나뭇잎의 움직임, 새의 울음소리, 고향의 목소리에 귀를 기울이고 있다는 것을 알 수 있다.

2

류인채 시인의 시집에는 풀과 꽃과 나무 등 식물의 이름뿐만 아니라 동물들도 상당수 언급된다. 이를테면 「노랑턱멧새」 「흰나비」 「흑두루미 날다」 「직박구리」 「저어새섬」 「황제펭귄」 「바지락 칼국수를 먹는 중이다」 「개미」 「가오리연」 등이다. 시인은 이런 시들에서 자신의 경험을 적실하게 형상한다.

> 개미야 여름은 참 길기도 하구나
> 이른 아침부터 땅거미 질 때까지
> 쉬지 않고 네가 하는 그 일이 나는 궁금하다
>
> 더듬이를 세우고
> 곰곰 생각하는 그것이 나는 궁금하다

삼각형으로 단단해진 머리
구부정한 등
실낱같은 다리로
열심히 기어가는 그곳이 나는 궁금하다
머리가 잘리고도 펄펄 뛰는 메뚜기를 끌고 가는
그 무심이 나는 궁금하다

잘록한 허리는 금방 끊어질 듯한데
곰곰 무언가를 끌고 가는
너는

—「개미」 전문

마당가 천수국에 나비 한 마리 날아와 앉는다
나풀나풀 노란 꽃잎에 하얀 미소가 번진다
꽃밭을 가꾸던 아버지의 무명 저고리 깃이다
바람에 춤추며 팔랑이는 앞섶이다
잔디밭을 휘휘 돌다가 공중에 솟구쳐 오르다가
다시 꽃밭에 앉아 이 꽃잎 저 꽃잎 살피시며
아버지, 종일 살랑살랑 안마당에 머무신다

—「흰나비」 전문

    동서양 문장에서 동물은 주로 풍자와 우화적 어법에 자주
사용된다. 어딘지 모르게 시 「개미」에서도 그런 냄새가 난다.
이 시는 화자가 개미에게 일방적으로 질문을 던지고 있다.
시의 제재가 일관되게 질문하는 시 「쇠뜨기」와는 반대 형식

이다. 화자는 개미의 생태적 특성을 알면서도 하루 종일 쉬지 않고 먹이를 물어 나르는 개미에게 궁금하다고 묻는다.

개미가 더듬이를 세우고 곰곰 생각하는 것도 궁금하고, 열심히 기어가는 목적지도 궁금하다. 메뚜기를 끌고 가는 것이 궁금하고, 끊어질 듯 잘록한 허리로 곰곰 무언가를 끌고 가는 것이 궁금하다. 사실 이 질문은 일상에서 그렇게 중요한 게 아니다. 개미에게 물을 것도 없고, 물음에 대한 답은 질문자도 알고 있다. 알면서도 묻고, 대답을 기대하지 않으면서도 묻는 내용 없는 질문은 우둔을 가장한 우화적 방식이다.

묘사가 일품인 시 「흰나비」의 공간은 고향으로 추정된다. "아버지, 종일 살랑살랑 안마당에 머무신다"는 문장 때문이다. 마당가 천수국에 나비가 한 마리 날아와 앉았는데, 꽃밭을 가꾸던 화자의 아버지의 무명 저고리 깃을 닮았다고 한다. 바람에 춤추는 팔랑이는 앞섶을 닮았다는 것이다. 나비로 몸을 바꾼 화자의 아버지는 잔디밭과 공중과 꽃밭을 자유스럽게 옮겨 다니며 마당에 머문다. '나풀나풀'이나 '휘휘'나 '살랑살랑' 하는 의태어와 "이 꽃잎 저 꽃잎"이라는 언어의 중첩이 시 읽는 재미를 준다. 동시에 시적 효과도 발휘한다.

> 순천만은 철새 도래지인데 새들이 보이지 않는다
> 갈대들만 가볍게 몸 비비며 서 있다
> 고요한 둘레길을 걷다가 흥얼흥얼 노래를 부르는데
> 서쪽 하늘로 기우는 해가 마침표를 붉게 찍는다
> 순간, 푸르륵 푸르륵

여기저기서 새들 한꺼번에 깃 치는 소리 들린다
누가 무슨 신호를 보냈는지
갈대밭에서 숨 고르던 수천 마리의 흑두루미 떼가
오후 다섯 시를 끌고 하늘로 날아오른다
발목이 간지러운 갈대들이 잎을 뾰족이 세우고 휘청거린다
저 새들, 어느 행성에서 날아온 누구일까
오래 봉했던 입이 한꺼번에 열린 듯

뚜루루루 뚜루루루 뚜루루루 뚜루루루……

공중의 합창이 웅장하다
새까맣게 하늘을 덮은 군무가 시작된다
제 색에 취한 노을이 서천에 점묘화를 그린다
새들은 해 지는 쪽으로 날다가 돌아서 길게 원형을 만들
다가 화르르
건너편 논바닥에 앉았다가 다시 날아오른다

머리 위에서 회오리가 인다
이곳의 저녁은 새 떼에 포위되었다
갈대들은 방죽에 서서 오도 가도 못하고 있다
새들은 제가 걸어온 길을 지우고 서서히 하루를 지운다
길이 없어진 길 위에서 나는 넋 놓고 그들을 바라본다
저 새들 지금 저 붉은 눈동자로 무얼 주시하고 있는지
긴 다리를 뻗어 이 저녁을 떠메고 어디론가 날아갈 태세다

뚜루루루 뚜루루루 뚜루루루 뚜루루루……

높이 더 멀리 날아가 까마득한 점이 되는 새들
목을 길게 빼고 커다란 날개를 휘저어
저무는 하늘 끝까지 날아갈 듯하다

문득, 겨드랑이가 간지럽다

—「흑두루미 날다」전문

   표제시「흑두루미 날다」는 묘사와 진술이 절정을 이루는 역
작이다. 서쪽 하늘로 기우는 해가 마침표를 붉게 찍는다는 시
각적 심상이 인상적이다. 갈대밭에서 수천 마리의 흑두루미
떼가 "오후 다섯 시를 끌고 하늘로 날아오른다"는 표현이 장
엄하다. "발목이 간지러운 갈대들이 잎을 뾰족이 세우고 휘
청거린다"는 진술이 섬세하다.
   오래 다물었던 입이 한꺼번에 터지듯 울음소리가 공중에
서 울려 퍼지는 합창은 웅장하다. 흑두루미 떼의 군무는 하
늘을 덮고, 노을을 배경으로 점묘화를 그린다. 갈대들이 방
죽에 서서 오도 가도 못한다는 묘사와 진술도 일품이다. 하
늘 끝까지 날아갈 듯한 새 떼를 따라가고 싶어 화자의 겨드랑
이가 간지럽다는 상상력도 기발하다. 새 울음소리를 묘사한
의성어가 청각적 울림을 주는 시다.

3

식물은 시인들이 오래전부터 사용해 오던 시적 대상이다. 옛 시인들은 식물의 생태적 특성에 자신의 처지와 마음을 기대어 표현하는 관습을 지속해 왔다. 시골에 고향을 두고 있는 류인채 시인은 친親식물성의 시인이다. 시집의 첫 안내문 격인 '시인의 말'에서 풀잎과 나뭇잎을 언급한 시인의 시에는 식물이 많이 등장한다.

풀과 꽃과 나무 등 이름이 제목으로 들어간 시들은 「수수꽃다리」 「얼레지꽃」 「대봉…… 감」 「맥문동」 「장평 멜론」 「참나리꽃」 「자귀나무」 「조팝나무」 「이팝나무」 「쇠뜨기」 「꽃잎을 머리에 인 사람들」 「감자알 이웃」 「자목련」 「구절초」 「능소화」 등 상당수이다. 시인은 이런 다양한 식물에 자신의 체험과 미적 감각을 투영하고 있다.

> 순간의 구름 여러 필 끊어 와
> 새틴 웨딩드레스 만들었다
> 풍만하고 눈부신 백색이었다
>
> 삶은 이따금 바람을 몰고 와 베일을 벗겼다
> 꽃인 사랑은 화약이 되기도 했다
>
> ─「이팝나무」 부분

> 망월산 기슭에 구절양장으로 피어나던 꽃

열네 살 계집애 머리에 환하던 꽃

종아리 시린 추분 무렵
초경을 치르는 계집아이는 아랫배를 움켜쥐고
어머니는 토방에서 구절초를 달이시고

골수에 스민 숙근초 향기
산비탈 두둑이 화초장 같은 꽃

—「구절초」 전문

식물을 형상하는 류인채의 감각은 아름답다. 흰 꽃이 구름처럼 무더기로 피는 이팝나무를 순간의 구름에서 끊어 왔다는 상상, 또 흰 이팝나무꽃을 풍만하고 눈부신 새틴 소재로 비유하여 웨딩드레스를 만들었다는 상상이 아름답고 풍요롭다. 연애할 동안만 사랑이고 결혼은 생활이다. 생활은 사랑의 베일을 벗긴다. 그래서 사랑이 화약처럼 폭발하기도 한다.

시 「구절초」는 망월산 기슭과 열네 살이라는 수사가 있어 구체성을 더한다. 아마 시인의 청소년기로 추정된다. 구절초가 "구절양장으로 피어나던 꽃"이나 "계집애 머리에 환하던 꽃"이라는 심상이 아름답다. 특히 "초경을 치르는 계집아이는 아랫배를 움켜쥐고/ 어머니는 토방에서 구절초를 달이시고"라는 문장은 우리 민속과 풍속적 정서를 물씬 풍긴다.

하마터면 밟을 뻔했다
잣나무 숲길에 구부정히 목 늘이고
연보라 꽃 한 송이 피울까 말까 망설이는 듯하다

숲 안쪽에 개별꽃 현호색 괴불주머니들이 저희끼리 쑥덕
거리고 있다
소문이 축령산 중턱에 파다하게 번지고 있다

어린년이 바람둥이처럼 화사하게 차려입고
길 복판에 서 있다고
집단 구타를 당했는지
이파리에 얼룩덜룩 멍 자국 같은 것 보인다

그 모습 어디서 본 듯해
발길을 멈추고 쭈그려 앉아
가만 꽃잎을 열어 보니
목울대에 핏물 요동친 자국 뚜렷하다

무거운 발길로 수목원을 돌아 사방댐을 지나 내려오는 길
그녀가 반갑게 꽃봉오리를 열고 말한다

염려 말라고
꽃잎을 반쯤 젖혀 검은 씨방을 보여 준다

—「얼레지꽃」 전문

얼레지꽃은 백합과의 여러해살이풀로 우리나라의 산에서는 어디에서나 볼 수 있다. 4~5월 봄에 보라색 꽃이 핀다. 산에 쌓인 나뭇잎을 뚫고 나와 꽃이 핀다. 화자는 축령산 잣나무 숲길에서 "구부정히 목 늘이고" 있는 얼레지를 밟을 뻔했다고 한다. 2연에서는 개별꽃, 현호색, 괴불주머니를 열거하고 서로 쑥덕거리고 있다고 인유한다.

화사한 얼레지꽃이 바람둥이 어린년으로 비유되고, 길거리 한복판에 있는 꽃의 이파리가 얼룩덜룩 멍 자국같이 보이는 것을 집단 구타당한 것으로 의외적 상상을 한다. 묘사와 진술, 열거와 인유가 빛나는 시다. 시 「능소화」는 꽃을 인물에 비유한다. 어머니는 "한낮의 능소화처럼 톤을 높이"시고, 능소화는 "미수 언저리 자매들의 농익은 표정" 같기도 하고, "지천명에서 이순 무렵 여인의 도톰한 입술 같기도" 하다고 비유한다.

시 「쇠뜨기」의 언술 방식은 질문형 대화 형식이다. 말하는 주체는 시의 제재인 쇠뜨기다. 쇠뜨기는 호미를 들고 자기를 뽑아 버리는 사람을 향해 "눈치껏 목 늘여 부추가 먹다 남은 햇볕 한 줌 얻어먹고/ 지문도 나이테도 없이 잠깐 푸르게/ 숨 좀 쉬다 가면 안 될까요?" 하고 묻는다. 시 「박규흔전傳」은 인물들의 다양한 행위가 주는 재미가 있다. 혼자서는 일어나기 힘든 구순의 어머니와 백일홍 같은 얼굴을 하고 불멍하는 딸들, 거실 바닥에서 코를 고는 아들들, 불새처럼 날아오르는 불, 만개한 꽃 같은 불 등이 대위를 이루며 입체감과 생동감을 준다.

4

문인에게 고향은 마르지 않는 샘물과 같다. 고향 제재는 평생을 써도 또 쓸 게 있다. 시골에서 자란 류인채의 시집에는 고향에 대한 어휘와 내용이 자주 등장한다. 예를 들면 「묵서명墨書銘」 「노랑턱멧새」 「아픈 손가락」 「천장호 출렁다리를 건너며」 「암만」 「장평 멜론」 「이통령 댁 면사랑」 「자목련」 등이다.

> 西紀 一九七六年 三月 十一日
> 무진생 용띠 가장은 손수
> 천리에 순응하는 새집을 짓고
> 입주를 하늘에 고했다
>
> —「묵서명墨書銘」 부분

도시에서 살던 시인은 이순이 되어 자신이 태어나고 자란 고향에 돌아간다. 고향 집을 수리하면서 천장을 뜯어 보니, 먹물로 쓴 상량문이 보인다. 화자는 상량문을 읽어 가면서 "오복을 기원한" 진중한 가족 신화를 확인하고 집에 대한 "내력의 뿌리가 곧"음을 느낀다. 상량문을 올린 아버지를 우러른다.

> 지집애 지집애 지집애 지집애
> 지집애 지집애 지집애 지집애

116

홍란이니?

어서어서 홀치기를 들고 무랑골로 오란 말이지?
신작로를 지나 논둑길을 지나
망월산 계곡물 흐르는 언덕배기 응달집

비단 폭에 그린 기모노 꽃무늬를
갈고리바늘에 꿰어 실로 야무지게 옭아매자는 말이지?
엉덩이에 힘주고 틀에 앉아 양손 바삐 놀려
달그락 달그락 달그락 달그락
홀치기 꾸리 넘어가는 장단에 맞춰 유행가를 부르며
호호 깔깔 수다도 흥겹게

지집애 지집애 지집애 지집애
지집애 지집애 지집애 지집애

—「노랑턱멧새」 부분

　지집애는 계집아이의 충청도 사투리다. 고향 집 뒷산에 사
는 노랑턱멧새는 "지집애 지집애" 하며 운다. 화자는 이 새가
숨어서 자신을 자꾸 놀려 대는 것으로 듣거나 자기를 찾아 보
라고 술래에게 재촉하는 소리로 듣는다. 아니면 뭔가 다급한
소리로 듣는다. 이 새 울음소리에 화자는 "홍란이니?// 어서
어서 홀치기를 들고 무랑골로 오란 말이지?" 하고 응수한다.
　개발 독재 체재 아래 해외 수출을 위해 도시와 농촌 가리
지 않고 부업으로 아이들까지 나서서 천에 홀치기를 하던 시

절이니, 시인이 어렸을 때 일이다. 홍란이는 망월산 언덕배기 응달집에 살던 친구이고, 화자가 언니를 따라 도시로 나올 때 "아부지 굴레에 묶여 콩밭"을 매던 친구다. 홍란이는 지금도 고향에 살며 자주 만나는 다정한 친구다.

> 손가락 마디마디가 쑤신다
> 아침에 일어나면 퉁퉁 부어 있다
> 오른손 중지는 첫 마디 관절이 옹이처럼 튀어나왔다
> 그 손으로 여전히 텃밭을 가꾸고 집안일을 하고
> 컴퓨터 자판을 두드리고 글을 쓴다
> 한때는 병든 당신의 몸을 씻기고 뜨개질을 했다
> 한때는 타자를 치고 주판알을 튕기고
> 한때는 홀치기를 하고 뽕잎을 따고
> 나물을 캐고 낙과를 줍기도 했다
> 그동안 혹사했구나!
> 속죄하듯 굽은 손가락을 들여다본다
>
> 너만 아들이 없구나 그래서 내가 눈을 못 감지
> 이따금 아버지는 말씀하셨다
> 나는 아버지의 가장 아픈 손가락이었을까
> 네가 제일 매운 시집살이를 하는구나
> 그래서 마음이 아프다던 어머니는 아직 나의 엄진데
> 동기간도 검지 중지 약지 소지 저마다 아픈 손가락이 다른데
> 세상 끝까지 함께 가자 한 사람과 손을 맞잡을 때도
> 나는 열 손가락이 아프다

사랑해!

아기가 말을 배우기도 전

어설픈 엄마가 손바닥에 써 주었던 말

멋모르고 움켜쥔 작은 주먹도

변변히 감싸 주지 못한 어미라서

자꾸만 손가락이 아프다

—「아픈 손가락」전문

시「아픈 손가락」은 시인 자신의 서사로 보인다. 손으로 읽는 개인사이고 시로 쓴 살아온 내력이자 자서전이다. 시인이 초고와 다르게 수정해서 따로 보내온 것을 보면, 시인이 관심과 정성을 들이고 있는 시임이 분명하다. 이 시가 의미 있게 다가오는 이유는 지난 60년의 한국 현대사를 '타자—주판—홀치기—뽕잎—나물 캐기—낙과 줍기—남아 선호—엄마로 살기'라는 개인의 편년사로 정리했기 때문이다.

이 시는 자기 고백이 강하다. 시는 자기 고백의 양식이다. 자기를 고백할 때 인간은 가장 진실하고 인간적인 모습으로 재탄생한다. 자기 고백이라고 해서 시의 내용과 시인의 삶은 똑같을 수 없다. 시는 사실은 아니지만 진실하다. 시는 자기 체험의 재현이거나 재구이기 때문이다. 또 시의 허구적 구성은 소설보다는 약하지만 수필보다는 강하다.

5

「정지용과 백석의 시적 언술 비교 연구」로 박사학위를 받은 류인채 시인은 한국의 현대시가 정지용을 통해서 진술 시에서 묘사 시로 바뀌었고, 그러한 시적 언술 방식이 백석을 통해서 묘사적 서술 시로 계승 발전되었음을 규명한 바 있다. 이런 공부의 영향인지 독자들은 류 시인의 시 문장에서 정지용과 백석의 어법을 계승한 흔적을 눈치챌 수 있을 것이다.

이를테면 「환절기를 건너는 법」과 「지하 계단 플라스틱 바구니에 던져진 동전 한 닢은」 같은 시들이다. 그러나 대부분의 시가 선배인 정지용과 백석을 넘어 류인채만의 시 세계를 구축하고 있다. 표제시 「흑두루미 날다」와 「노랑턱멧새」 「아픈 손가락」 등 대부분의 시들이 독자적 형식과 내용을 성취하고 있다.

인천에서 생활을 꾸리던 류인채 시인은 이순이 넘어 고향인 청양 고향 집에 생활 일부를 걸쳐 두고 있다. 당호로 불리는 시골집 이름은 느락골 문정헌이다. 류 시인은 성장기에 경험한 농경 사회와 도시 생활, 그리고 다시 시골에 내려가 부딪히게 된 격세지감의 낯선 제재를 통해 새로운 시 세계를 구축하는 중이다. 많은 독자가 류인채 시인의 시를 만나 삶이 풍성해지기를 바란다.